오 늘,

배미자 제5시집

오 늘,

좋은땅

시인의 말

오늘, 누구나 오늘을 살아요.
오늘을 넘지 않고서는 내일을 만날 수가 없어요.
누구나 오늘을 경험하면서 살지만 누구나 똑같은 모습은 아니듯이,
저마다 독특한 인생의 그림을 한 폭 한 폭 그리면서 살아요.

오늘을 사랑하면서 살 때, 내일의 사랑이 더 빛이 나고
오늘을 감사하면서 살 때, 내일의 감사가 더 넘쳐나고
오늘을 성공적으로 살 때, 내일의 성공이 더 보장되고
그래서 오늘의 성실한 삶의 태도가 중요한 것이겠지요.

오늘, 오늘이라는 생(生)의 텃밭 속에
사랑 믿음 감사 그리움의 씨앗들을 하나하나 뿌리면서 시(詩) 한
줄 심고 가요.
오늘을 경험하고 깨달은 삶의 소소한 이야기들을
「오늘,」의 시집 속에 한 줄 한 줄 담고 가요.

누구나에게 소중한 오늘
하나님께서 공평하게 주신 선물, 오늘
지나면 다시 볼 수 없는 오늘
오늘을 한번 가치롭고 아름답게 사랑의 텃밭으로 가꾸어 봐요.

이러한 오늘을
「오늘,」이란 시집 속에 시(詩) 한 줄 한 줄로 그려 낸 "위로 사랑 감
사 존재에 대한 의미와 깨달음"들을 함께 공감하고 나누면서 순간
을 한번 웃어 봐요.

먼 훗날까지도 그리움의 여운으로
풋풋한 사랑의 흔적으로만 오늘이 남겨지도록 …!

이를 위해 지금까지 건강 주시고 지혜 주신 하나님께 무한한 감사
와 영광을 돌려 드리면서,
아울러 함께 수고해 주신 모든 분들께 진심으로 감사를 드립니다.

2025년 아주 소중한 오늘을 그리면서

배미자

배미자 제5시집

오 늘,

차 례

제1부 오늘,
제2부 오늘, 옛 모습을 그리다
제3부 계절의 창에서

제1부 오늘,

016. 오늘
017. 오늘(2)
018. 오늘을
019. 오늘도
020. 오늘이라는
021. 새아침에
022. 오늘을 기쁘게 살아요
023. 혼자 연주하는 하루

024. 오늘을 웃으면서 살아요
025. 날들
026. 식상하다고
027. 기쁜 하루의 시작
028. 끝없는 사랑
029. 살맛났네
030. 욕망
031. 감사함으로
032. 품위라는 것
033. 하루가 새롭다
034. 동행일자리
035. 엇갈린 마음
036. 험담
037. 집념
038. 기쁨
039. 그리하실지라도
040. 예쁘게 사는 사람들
041. 이런 만남
042. 믿음의 눈으로
043. 골목시장
044. 오뚜기처럼
045. 외면
046. 가치
047. 딴생각
048. 기쁨이라는 것
049. 네가 좋아
050. 잠시 머문 일터에서
051. 하루를 열면서
052. 삶의 굴레

053. 대란이 났네

054. 거울 되어

055. 희망이다

056. 서울살이

057. 그냥 살아

058. 소모품 인생

059. 행복은

060. 독거노인

061. 날자

062. 하루살이

063. 순간의 선택

064. 좋은 것을 찾아서

065. 이런 사람

066. 사랑이 스칠 때

067. 풍요 속에 빈곤

068. 이제부터라도

069. 느낌

070. 동이 튼다

071. 빛이 왔다

072. 길이 났다

073. 자극한다

074. 하루,

075. 사람아!

076. 거울로 보니

077. 난장판

078. 예쁜 것도

079. 기다림

080. 괴롭히지 말아라

081. 일편단심

082. 아름다움

083. 사랑으로

084. 삶

085. 인생의 꽃밭

086. 사랑하면 할수록

087. 미련 두지 말자

088. 떠날 준비

089. 그대가 있어서

090. 감정의 그릇

091. 사랑했노라

092. 부드럽게 흐르는 삶

093. 벗자

094. 돌보다

095. 함께 일하니 좋아요

096. 감사의 노래

097. 에미 마음

098. 돌고 돈다

099. 일터에서

100. 발이 아파도

101. 침묵

102. 차 한 잔의 기쁨으로

103. 떡 선물 하나

104. 살아 있다는 것은

105. 남은 인생

106. 가난

107. 척의 처세로

108. 사랑하며 살아야지

109. 고독

110. 이사

111. 사람마다 다르다

112. 예쁜 모습 없어

113. 꼭 필요한 존재로

114. 가면 쓴 얼굴

115. 엇갈린 운명

116. 사람 사는 게 다 그렇지 뭐

117. 흔들리는 마음

118. 삶이 외로울 때

119. 보아라

120. 고통도 쉬이 지나가리라

121. 감정의 노예

122. 인생은 싸움터

제2부 오늘, 옛 모습을 그리다

124. 가는 길 바빠도

125. 그래 그랬었지

126. 주름살

127. 말하고 싶지 않았어

128. 고난 속에 핀 꽃

129. 메아리

130. 얼굴 하나

131. 시간의 탑

132. 흔적

133. 후회

134. 추억의 화롯불

135. 삶이

136. 설 연휴 속에 생일
137. 설날 고향의 서정
138. 그리움이 흐르네
139. 생각 보따리
140. 세월이 바람처럼 가네

제3부 계절의 창에서

142. 봄빛 내리고
143. 하늘빛이 좋아도
144. 3월의 빗소리
145. 이사 여행의 기로에서
146. 브레이크 타임(break time)
147. 오월은,
148. 광나루로 실개천 길을 걸으며
149. 하늘빛 가리고
150. 오월의 신록 속에서
151. 우산처럼
152. 초목이 웃는다
153. 수박을 바라보면서
154. 여름이 가고 있다
155. 입추
156. 가을이 오고 있다
157. 이 비 그치면
158. 어린이대공원 길에서
159. 가을비가 내린다
160. 가을의 향취로

161. 가을을 입은 은행나무들
162. 첫눈을 맞으며
163. 겨울비가 내린다
164. 겨울이 깊어 가면 갈수록
165. 눈보라 속에서도
166. 들꽃처럼

제1부 오늘,

오늘,

오늘,
굴곡진 인생길 따라
사랑 하나 담고 가요
추억 하나 심고 가요
저 하늘까지 닿도록!

오늘

하루 일정 속에 보내는 오늘

오늘 마감이야
오늘 하루 뿐이야
오늘 안에 끝내야 해
당일치기로 일하는
숨가쁜 순간들

밥 먹는 시간도 아까워
뒤보는 일도 아까워
한 달에 한 번만 밥 먹는다면
참 좋겠다 생각도 하면서
남은 일들을 서둘러서 한다

오늘이라는 시간 안에
일 겨우 마치고
후유, 숨 한 번 크게 내쉬고
작은 행복감을 느끼면서
오늘을 접는다

오늘(2)

오늘을 건강하게 살아요
오늘을 기쁘게 살아요
오늘을 감사하며 살아요

엎질러진 우유를 놓고 우는 어린아이 같은
바보짓은 하지 말아요
그렇다고 오만하거나 자만하지도 말아요
인생, 그리 만만하지만은 않으니까요

주어진 오늘의 삶에 최선을 다하면서 살아요
선한 일에 성심을 다하면서 지혜롭게 살아요
겸손으로 허리를 동이고 범사에 감사함으로
모든 결과를 하늘의 뜻에 맡기면서, 그렇게

오늘을

오늘을,
누구나 오늘을 살아요
오늘을 넘지 않고서는 내일을 만날 수가 없어요
오늘 속에
자신의 시간을 투자하고 자신의 열정을 쏟으면서
저마다의 독특한 인생 그림을 하나씩 그리면서 살아요
오늘을 아름답게 잘 색칠하면서 살 때
내일의 삶이 더 가치롭고 더 빛나게 살 수 있지요
오늘을 소중히 여기면서 성실하게 살 때
성공적인 삶, 보람의 열매도 속속들이 맺을 수가 있지요
하나님께서 누구나 공평하게 주신 선물, 오늘
오늘을 기쁨으로, 감사로, 성실함으로
차곡차곡 인생의 탑처럼 하나씩 쌓으면서 살아 봐요
먼 훗날에도 정겨움의 그리움으로 남겨지도록
감사의 열매, 기쁨의 열매, 보람의 열매로
토실토실 삶 속에서 살찌우며 영글어 가도록
오늘이라는 시간의 소중함을 깨달으면서
오늘을 가치롭게 최선을 다하면서 살아 봐요
저마다의 독특한 인생 그림을 하나씩 그려 봐요
내일의 풋풋한 꿈을 키우면서
오늘을 그렇게,

오늘도

오늘도 생의 멈춤이
언제 올지도
언제 될지도
잘 모르지만,

오늘도 멈춤 없는 생의 텃밭에
시 한 줄 심고 가요
생(生)의 흔적 하나 남기고 가요
가슴 시리고 추운 날에

오늘이라는

오늘이라는 시간 속에
사랑의 꽃으로만 피워 놨으면

오늘이라는 무대 속에
희망의 불씨로만 지펴 놨으면

그런 그런 하루가 되었으면…,

새아침에

다시 점검해 보자
다시 시작해 보자

아니면,
모두 다 훨훨 털어 버리고

다시 새롭게 생각해 보자
다시 새롭게 만들어 보자

오늘이라는 새아침에
새로운 각오로

오늘을 기쁘게 살아요

생활은 단순하게
생각은 심오하게
삶은 기쁘게,

오늘을 기쁘게 살아요
오늘을 신바람나게 살아요
오늘을 희망으로 일구면서 살아요

날마다 삶의 골목골목마다 숨겨진
오묘하고 진귀한 보물들을 하나하나 캐내면서
자신만의 독특한 삶을 한번 아름답게 꾸며 봐요

저마다의 인생 텃밭에
사랑으로 사랑으로 사랑으로만
심고, 뿌리고, 가꾸면서 살아 봐요

먼 훗날까지도
사랑으로만 반짝반짝 빛이 나도록
영원을 사모하는 기쁜 마음으로

혼자 연주하는 하루

혼자서 산다

혼자서 일한다
혼자서 먹는다
혼자서 노래 부른다

혼자에 익숙한 삶이다
외로움의 극치를 달린다
고독한 사색의 최고봉이다

하나님 앞에 설 때까지
어차피 인생 혼자 가는 길이라지만
혼자서 연주하며 하룻길을 간다

남이 대신 살 수 없는 인생을, 그렇게

오늘을 웃으면서 살아요

매일을 기쁘게,
오늘을 웃으면서 살아요

삶이 우울할 땐
더 많이 웃으면서 살아요

잘되지는 않지만
속으로 웃음의 최면을 한번 걸어 봐요

또다시 심호흡을 한 번 크게 하고
하하호호 억지로라도 크게 한번 웃어 봐요

웃음의 불씨가 되살아나도록
웃음꽃 속에 행복의 엔돌핀이 피어나도록

소문만복래(笑門萬福來)를 고대하면서…

날들

낮에는 평화요
밤에는 괴롭힘의 연속이라

눈으로 볼 수 없는
미세한 나노 전자칩 전자총일까?
근원은 알 수가 없었다

군데군데 멍들고 부푼 흔적들
매일을 견디는 기분으로 사는 날들
멍석말이로 당하는 기분들

언제나 끝이 날까?
하루하루 괴롭힘의 연속선상에서
내 젊음이, 내 건강이 시들어 가고 있었다

아무도 모르는 방법으로
아무도 모르게, 아주 서서히

식상하다고

매일 보는 가족 얼굴이 식상하다고
멀리하면서 피한다면, 큰일나지요

매일 먹는 밥이 식상하다고
먹지 않는다면, 건강의 적신호를 불러오지요

매일 하는 근무가 식상하다고
하지 않는다면, 가난이 친구처럼 따라오지요

행복한 삶, 성공은
식상한 일들을 잘 인내하면서 뛰어넘을 때 찾아오는 것

오늘을 한번
식상한 일들을 잘 견디면서 뛰어넘어 봐요

행복한 삶, 성공이 나래 치며 찾아오도록

기쁜 하루의 시작

눈뜬 아침이 새롭다
새롭게 시작된 하루가 기쁘다
오늘은, 평상시와 다른 쾌변을 보았기 때문이다
"뭐 그런 일 가지고 기뻐하냐"라고
말하는 사람들도 있겠지만,
변비로 단 한 번도 고통받지 않은 사람들의 말이다
단 한 번이라도 변비로 고통을 당해 본 사람은
내 기분을 이해할 것이다
쾌변은 건강의 첫 단추다
쾌변은 건강의 청신호다
쾌변은 건강의 보약이다
건강해야 어떤 일이든지 잘할 수 있다
오늘은 쾌변의 시작으로
건강하게 기쁜 하루의 첫 관문을 열었다
남이 대신할 수 없고
남이 줄 수도 없는
숨겨진 나만의 작은 기쁨으로

끝없는 사랑

주고도 또 주고 싶은 사랑
받고도 또 받고 싶은 사랑
우리들 안에 끝없이 흐르는 사랑

살맛났네

막혔던 길이 탁 열렸어
살맛났네

속으로 고심하던 문제가 확 풀렸어
살맛났네

살맛났네
살맛났어

로또 복권에 당첨된 것처럼
우연한 기회에, 별 노력 없이 됐어

살맛났네
살맛났어

후유, 다행이야
하늘이 무너져도 솟아날 구멍이 있다더니

욕망

넘치게 붓고 부어도
넘치도록 채우고 채워도
소금물을 마시듯
늘상 부족함만 보이는 욕망
요놈, 잘 다스리지 못하면
큰 화를 부르기도 해
요놈, 잘 다스리면
그런대로 성공적인 삶을 살기도 해
언제든지 요놈은 절제의 줄, 중용의 줄로
단단히 꽁꽁 묶어 둘 필요가 있어
함부로 날뛰지 못하도록,
그러면 그런대로 쓸 만하기도 해
오늘의 삶의 현장, 마음속에서

감사함으로

감사하고 감사하면서
사랑하고 사랑하면서
합하고 곱해서 감사와 사랑만 넘쳐나도록
니캉내캉 싸우지 말고, 오손도손
다 같이 감사함으로 살아 봅시다

새해엔 더욱더 감사할 일만 넘쳐나도록!

품위라는 것

말쑥하게 잘 차려입고
가까운 지인을 만나서 이야기를 나누던 날
이빨 사이에 고춧가루 하나가 보였다
순간, 품위라는 것이 싹 사라졌다
또 눈을 돌려 밑을 바라보게 되니
스타킹 신은 다리에 올이 쭉 나갔다
순간, 또 품위가 싹 사라졌다
아! 품위라는 것이 별것 아니구나
아! 한순간에 품위가 사라질 수도 있겠구나

하루가 새롭다

눈뜬, 새아침
하루가 새롭다

새로운 하루의 시작
새로운 시간의 흐름 속에서
새롭게 만나는 사람들

새로운 일터에서
업무의 호기심 긴장감 속에서
하루가 새롭다

예측할 수 없는
광야의 하룻길을 걸으면서

동행일자리

친구처럼 함께 웃고 걸으면서
행복도 기쁨도 함께 나누고
일꾼으로 세움 받아
자리잡고 일하게 되니, 참 좋아요
리더로서 훈련 받기에, 충분해요

서로의 삶 속에다
행복 우정 기쁨을 심고 키우면서
함께 동고동락하며 일하는
동행일자리의 참뜻이
잠시 머무는 삶의 길목에서, 참 좋아요

엇갈린 마음

엇갈린 마음
엇갈린 비전
서로 다른 성품
서로 다른 삶의 모습

서로가 다름 속에서
서로가 합력하며
자신의 뜻과 관계없이 함께 일해야 하는
일터에서의 운명공동체,

십인십색의 모자이크처럼
어떻게 조화롭게 꾸밀까
어떻게 불협화음 속에서 하모니를 이룰까
걸작품으로 만들고 싶은데…

험담

말하면 말할수록 손해야
들으면 들을수록 손해야
사람들이 많이 모이는 장소에 가면
간혹가다 듣게 되는 말, 험담
말하지도 말고 듣지도 말자
감정의 마음 밭에 가라지만 자라니까
그냥 감정의 불순물들을 버리자, 씻자
험담을 하게 되면
말하는 사람도 손해 듣는 사람도 손해
또 험담으로 난도질을 당하는 사람도 손해인데,
왜 험담할까? 를 곰곰이 생각해 봤어
그것은 아마도
험담하는 사람이 감정 조절을 잘 못한다거나
자신이 갖고 있는 불만이나 스트레스를 푼다거나
자신의 미성숙한 인품을 드러내는 것 같기도 해
험담에 익숙한 입술의 습관을 가진 사람 같기도 해
자신의 모난 인품, 부끄러움을 드러내는 이 험담
모두가 손해이고 악만 뿌리는 이 험담
이 험담을 말하지도 말고, 듣지도 말자
대신에 칭찬하는 말, 덕이 되는 말, 은혜로운 말로 채우자
너와 나의 삶의 길목에서

집념

항상 그곳 그 자리
항상 그 일 그 사람
언제나 그것만을 고집하면서 살아간다.
시선을 약간만 돌리고 보면
생각을 약간만 바꾸고 보면,
이렇게 색다른 일들이
이렇게 색다른 모습들이
많이 산적해 있는데,
오늘도 지나친 하나의 집념 속에서
많은 좋은 것들을 보지 못하고 놓치면서
살아가는 인생은 아닌지…

기쁨

눈뜬 아침에 쾌변을 보았다
기쁨의 조짐이다
평상시 고민하던 문제가 확 풀리면서
막혔던 길이 확 열렸다
또 하나의 기쁨의 조짐이다
입가에는 배시시 웃음꽃이 피었다
마음속에는 기쁨 한 점이 두둥실 떠올랐다
아무도 모르게 살그머니,

그리하실지라도

무척이나 어떤 것을 갖고 싶어서
엄마 치마꼬리를 부여잡고
사 달라고 칭얼대는 어린아이
이에 요지부동하며 묵묵부답인 어머니
그리하실지라도 아이가 엄마를 사랑하듯,
아무리 기도하고 기도해도
아무리 애타게 부르짖어 보아도
응답 없으신 하나님
설령 기도가 묵묵부답 무응답으로
아무런 효과가 없다고 생각되고
자기가 원하는 것을 들어주시지 않으신다 해도
그리하실지라도
영원토록 하나님만을 섬기며 사랑하는
믿음의 자녀로
믿음의 백성으로
사는 것이
진정한 크리스천의 삶이겠지요

하나님을 섬기는 신앙의 길목에서

예쁘게 사는 사람들

삶의 현장 속에서
건강을 키우는 음식을 만들고
쾌적한 환경을 위해서 청소하고
저마다 달란트를 활용해서 열심히 일하고
너와 나, 서로의 행복을 키우면서
열심히 일하는 산업일꾼들,
예쁘게 사는 사람들이다

돈이 많고 얼굴이 예뻐서가 아니요
자기가 맡은 본분을 잘 지키면서 일하고
분수 밖의 것을 탐하지 않으면서
그저 하늘의 뜻을 따르면서
열심히 삶의 현장에서 일하는 일꾼들,
보석같은 사람들이다
삶의 현장에다 행복을 심는 사람들이다
예쁘게 사는 사람들이다

오늘도 어김없이 한결같은 마음으로

이런 만남

만나면,
서로가 기뻐서 어쩔 줄 몰라 하고
눈빛만 봐도
이심전심으로 서로의 마음을 읽는다
가치관도 비슷해
취향도 비슷해
어떤 일을 할 때도 따로 긴 설명이 필요 없다
내 마음이 네 마음 같고
네 마음이 내 마음 같다
가정에서
일터에서
사회에서
이런 만남이 얼마나 소중하고 큰 축복인지
삶 속에서 얼마나 큰 행복인지
새삼스레 만남의 소중함을 되새겨 본다

오늘, 너와의 만남이 이런 만남이었으면…

믿음의 눈으로

천둥 치는 먹구름 속에도
어딘가에 보물처럼 빛은 숨겨져 있고
허허벌판 다 죽은 줄 알았던 나목 속에도
생명의 씨앗은 꿈틀거리며 숨쉬고 있다

오늘 냉랭한 추위 속, 설령 절망 중일지라도
어딘가에 숨겨진 희망의 보물은 있다
믿음의 눈으로 하늘을 바라보면서 살자
모든 것을 하나님께 맡긴 채로

골목시장

대형마트에 비해서 깔끔한 맛은 덜하지만
정 깊고 토색적인
옛 시장의 맛이 있어서 좋았다
그곳에는 골목마다 온갖 것들이 심어 있다
나물, 채소 한 무더기를 팔면서
덤으로 더 주는 시골 아낙네의 풋풋한 손길 속에
정도 심고 시골의 향취도 심고
팔팔한 생선들, 꼼지락거리는 꽃게와 조개들 속에
바다도 심어 놓았다
그저 둘러보고만 와도
삶의 생동감을 갖게 하는 골목시장의 풍경들이다
지금, 삶이 무료하고 답답하다고 생각하시는가
골목시장을 한번 둘러보시오
신선한 각종 토색적인 풍물들 속에서
상인들의 생동감 넘치는 판매 목소리 속에서
생생한 삶의 활력소를 얻고 올 것입니다
오늘, 우리들 삶의 현장에서
가끔씩은 둘러보고, 느껴 보고, 경험해 볼 만한
골목시장의 정겨운 풍경들이다

오뚜기처럼

비틀비틀 비틀거리는 삶
흔들흔들 흔들거리는 삶
버팀목 하나 없는 벌거숭이로
오늘도 광야의 하룻길을 걸어간다
간간이 동행자로
메마른 영육을 살며시 감싸는
청롱한 아침 이슬 한 방울이 있어서 감사했고
코끝을 살랑거리며 스치는
산들바람이 호흡 줄기를 열어 주어서 감사했고
때맞춘 잔잔한 온기로 온몸을 보호해 준
햇빛 줄기가 있어서 감사했다
비록 붙잡을 것 하나 없는
광야의 벌거숭이 나목 같은 삶일지라도
거기에 늘 사랑으로 베풀어 주신
하나님의 크신 은총 안에서
누구도 예측할 수 없는 미지의 삶을
흔들흔들 흔들흔들, 비틀비틀 비틀거리면서
오늘도 광야의 하룻길을,
오뚜기처럼 살아간다

외면

할 수만 있다면
피할 수만 있다면
그 일이
그 만남이
너무 하기가 싫고 힘들어서
애써 외면하고 외면하면서
마음으로 피해 다니면서 도망만 쳤지요
하지만 어느 날 문득
나의 나태함을
나의 인격 부족함을
깨닫게 되었지요
그래서 마음 고치기로 했지요
적극성을 가지고
어디 한번 해 보자
어디 한번 만나 보자
그랬더니, 의외로
기쁨의 웃음꽃이 입가에 돌고
보람의 행복이 가슴속에서 나래 쳤지요
나 자신도 모르게, 살그머니

가치

외근하면서
꼭 필요할 때
항상 휴대하고 다니던 펜이 사라졌다
근처에 파는 곳도 없고
큰일났다, 당혹감 속에서
당장 급한데…
이럴 때,
어떤 사람이 옆에서 펜 하나를 살며시 건네주었다
이때에,
이 펜 한 자루의 가치가 얼마나 될까?
건네준 손길에 대한 감사의 가치가 얼마나 될까?
책상 서랍에 아무리 많은 펜들이 있다 한들
누군가가 수많은 펜들을 나중에 선물로 준다 한들
이 순간에, 꼭 필요한
이 한 자루의 펜의 가치만 할까?
그 누구도 측량할 수 없는 가치인 것을!

딴생각

쾌적한 맑은 하늘
오전 근무를 마치고
느긋한 마음으로 집으로 돌아오던 길에
잠시 딴생각을 하는 순간
지하철 노선을 바꿔 탔다.
멍한 내 영혼에
무슨 잡다한 생각들이 그리도 많은지…
출근길이 아닌 퇴근길이라서 천만다행이야
후유, 안도감 속에서
딴생각으로
시간 버리고
정신적 에너지 버리고,
근무 중이라면 큰 낭패를 당할 뻔했어
딴생각 말고 정신 바짝 차리면서 살아야지
오늘, 순간의 딴생각으로
인생의 큰 교훈 하나
마음속으로 되새기며 돌아왔다

기쁨이라는 것

오늘 문득,
기쁨이라는 것이 별것 아닌 일에 있음을
새삼스레 다시금 깨닫게 되었지
보통 사람들이 말하는
돈 잘 벌고
성공적인 삶을 사는 것만이 기쁨이 아니었어
일하고 싶을 때 일하고
놀고 싶을 때 놀고
잠자고 싶을 때 잠자고
하고 싶은 일들을 자유롭게 하면서 사는 것도
굉장히 큰 기쁨이라는 것을 깨닫게 되었지
어떤 누구의 간섭도 받지 않으면서
자신이 원하는 시간에
자신이 원하는 것들을 자유롭게 하면서
평안하게 산다는 것은
기쁨 중에 기쁨이라는 것을 깨닫게 되었지
그곳에는 무엇과도 바꿀 수 없는
소소한 삶 속에 가미되고 스며든
보석 같은 자유의 기쁨이 더 있으니까

네가 좋아

예쁜 모습도 없고
아무것도 주고받은 것 없어도
마음속에 걸림 하나 없는
네가, 마냥 편하고 좋아

잠시 머문 일터에서

지금 일할 수 있고
아침에 출근할 수 있다는 것 외에는
별반 기쁨이 없는
생의 한 자락에 잠시 머문 일터일지라도
이제 마무리할려고 보니
시원함 속에서
감사가 더 많다는 것을 깨닫게 되었다.
외근이라서
추위, 더위 속
환경에서 오는 모든 장벽을 넘어야 했고
간간이 골목시장의 싱싱함도
눈으로 피부로 직접 맛보고 느끼면서
몇 개월의 시간이 훌쩍 날아갔다.
힘들고 움직이기 싫은 적도 있었지만,
그래도 감사로만
완승의 기쁨으로만
장식할 수 있는 일터이기를 바라면서
이 시간 마음속으로
잠시, 마무리 작업을 가져 본다.

하루를 열면서

영육의 기지개를 켜면서
긴긴 어두운 밤의 터널을 뚫고
오늘도 밝은 새아침의 창을 열었다
말씀의 창을 열고
기도의 창을 열고
똑같은 것 같지만 매일매일이 다른
하룻길 삶의 창을 열었다
아침 일찍 일어나 출근해서
출근부에 사인하던 일이 엊그제 같은데,
갑자기 긴장 없는 하루가
원치 않는 허드레 잡일에 더 신경이 쓰였다
오늘은 무엇을 할까?
직장에서 매일같이 정해진 일을 할 때보다
매 순간마다, 정해진 일 없이
그때그때 할 일 찾아 하는 하루가 더 힘들다
"시간은 금이다" 라는 말은
머릿속에서 냉철한 이성은 잘도 알고 있지만
짜임새 있는 하루의 삶 속, 실천은 잘 되지가 않았다
그저, 하나님께서 누구나 공평하게 주신 하루의 삶
감사함으로 하룻길을 걸어가면서
순간순간 콧노래라도 부를 수 있는 행복이 있다면
하는, 바램 속에서

삶의 굴레

어우렁더우렁 얽히고 설킨
일상의 삶의 굴레 속,
풀릴 듯 말 듯 풀리지 않는 매듭처럼
풀림의 첫 실마리를 찾지 못하고 끙끙대는
어떤 난제 속에서
개미 쳇바퀴 돌듯 하는 삶이 싫어서
주변의 모든 것들을 훌훌 털어 버리고
어디론가 훌쩍 떠나고 싶은 날
무엇이 삶의 보람일까?
무엇이 삶의 행복일까?
이렇게 사는 삶은 아닌 것 같은데…
깊고 깊게 생각해 보니
한순간 마음 편하면 됐고
한순간 맛나는 음식을 먹을 수 있으면 됐고
한순간 웃을 수 있는 기쁨이 있으면 됐고,
이것이야말로 진정한 행복이 아닐까?
범사에 감사함을 가지고,

대란이 났네

난리 났네 난리 났어
물 대란
식품 대란
홍수 대란
도처에 대란이 났네
좋은 물 마실 만한 물
좋은 식품 먹을 만한 먹거리
사 와서 아깝게 그냥 버리는 일 없도록
물이며 식품이며
이곳저곳 마트마다 찾고 찾아다니면서
고르고도 고르면서
얼마나 많은 시간과 에너지를 투자하는지…
어제도 볶음밥 식품 하나를 사 와서 또 버렸어
돈도 없는 사람이 큰일 났네
너무 입이 아리고 맛이 이상해서
몸에 나쁠 것 같아서
속상하기도 했지만, 그냥 모두 버렸어
집중 호우로 인한 비 피해 대란 못지않게
마실 만한 물, 먹을 만한 먹거리 문제로
마음속 대란이 이만저만이 아니야
특히 물 나쁜 집은 지속될 대란이기에 더욱더 걱정이야
온 국민이 합력해야 해결될 것인데…,

거울 되어

난 너에게
넌 나에게
또 다른 누군가에게
우리, 시로 좋은 거울만 되었으면…

희망이다

천둥치는 먹구름 속에도
어딘가에 태양빛은 있고
다 죽은 줄로만 알았던 고목나무에도
꽃 피고 열매 맺는 것을 바라볼 때,
마음속에서
"희망이다"
강한 환호성의 외침이 나래 쳤다

가파른 벼랑 끝에서
위태위태하게 대롱거리며 살아가는 삶일지라도
천국을 바라보는 가느다란 희망 줄기 하나 있어서
삶에 생기를 얻고
살아갈 용기를 얻고,
또 다른 새 힘으로 충전 받아서
기쁨으로 오늘을 살아간다

소리 없이 움터 오는 저 희망의 빛으로!

서울살이

즐비하게 늘어선 아파트와 집들
대로마다 신나게 달리는 수많은 차량들
밤마다 황홀하게 빛나는 네온사인을 비롯한 빛의 요정들
이곳, 서울의 아주 작은 골목 한 모퉁이에 둥지를 틀고
날마다 소소한 청운의 꿈을 키우며 서울살이가 시작됐다

하루하루를 일하면서 배우면서
맑고 기쁜 날엔
하하호호 감사하며 웃음 짓고
어둡고 슬픈 날엔
깊은 사색 속에 기도하며 눈물 짓고
그렇게 그렇게 기쁨과 슬픔으로 엮어 가면서
어우렁더우렁 한평생, 서울살이의 삶을 살았다

듬성듬성 희끗희끗한 흰 머리털 엿보이고
인생의 황혼의 빛이 눈앞에 서성일 때
느긋하게 삶을 바라보는 여유로움을 가지고
날마다 하늘을 소망 삼아, 이웃을 섬기고
순간순간을 기뻐하며 감사하며 살아가는 것이
진정한 삶의 보람이고 행복이 아닐까?

서울살이 생(生)의 한 모퉁이 길을 잠시 돌아보면서…

그냥 살아

눈에 띄게
예쁜 것도 없어
마음에 들게
좋은 것도 없어
다시는 주워 담을 수 없는
시간을 흘리면서
밋밋한 모습으로
그냥 살아
소모품 인생처럼

소모품 인생

소소한 모습이야
크게 예쁘거나 잘난 것도 없어
밋밋하게 살아
휴지나 종이를 사용하고 버리면서
누구 한 사람도
뒤돌아보거나 아깝다고 생각하거나
사라짐을 애석해하는 사람도 없어
누구나 소중하게 생각하지도 않아
그런데 그런데 생활에는 꼭 필요한 존재야
요긴하게, 쉽게 쓰고 버리면서도
그 소중함을 느끼거나 깨닫는 사람은 드물어
생각 없이 쓰고 버리기만 해
그래서 말인데,
소모품 인생도 세상에서 꼭 필요한 존재이고
사랑 받을 만한 가치가 있다고 생각했어
어떤 모습이든
설령 자신의 가치를
누군가가 알아주지 않는다 할지라도
세상에서 꼭 필요한 존재로 쓰임 받는다는 것은
참 기쁘고 좋은 일이니까

행복은

행복은,
병든 몸으로 아프지 않고
관계 속, 상처 난 영혼으로 아프지 않고
영육 간에 아프지 않고
그렇게 늘 평안하게 사는 것이
진정한 행복이 아닐까?

독거노인

흐르는 세월에 모든 젊음을 다 날리고
손수레 하나에 비척이는 몸 의지하여
집 근처 나들이 길에 나선, 독거노인
젊었을 때는 아무것도 아닌 일인데도
가벼운 장바구니 하나에 쩔쩔맨다
도우미들이 간간이 방문해서
아들딸을 대신해서 도움을 줄 때도 있지만
그 도움만으로는 부족하고도 부족하다
기둥 같은 자식이 없으니
자식 때문에 맘고생할 일도 없다
서로 의지할 배우자가 없으니
늙고 병들었을 때 의지할 사람도 없다
효자 자식 없어도
대한민국 사회복지가 도움을 주게 되니
간혹가다 나라가 효자라는 말씀도 하신다
물질적인 것이야 그렇게 해결하면 되신다지만
정신적인 외로움을 무엇으로 달래실까
건전한 취미라도 갖고 있으면 좋을 텐데
혼자서 속으로 생각해 본다
손수레 하나에 의지하여 비척이며 지나가시는
한 독거노인의 뒷모습 속에서
아련한 삶의 애환이 스며든다

날자

날자
날자
저 푸른 창공을 향해서
내 꿈을 펼치면서
힘차게 한번 날아 보자
색다른 모습으로 어색하기만 했던
옛 둥지를 벗어나
옛 습관을 버리고,
일어서서
하나, 둘, 셋 한데 힘을 모은 후에
저 푸른 창공을 향해서
힘차게 한번 훨훨 날아 보자
내 꿈을 한번 활짝 펼쳐 보자
내 앞에 어떤 험산 준령이 있다 할지라도
함께 날갯짓할 수 있는 새로운 만남을 위해서
모험하고 모험하면서
미운오리새끼가 백조가 되는
꿈을 가지고
힘차게 훨훨 한번 날아 보자
저 미지의 세계로,

하루살이

찰나적 인생 속에서
내일을 알 수 없어
내일을 준비할 수 없는
하루살이

한 치 앞도 모르고
눈앞의 일에
머뭇거리며 서성거리다 사라지는
하루살이

주어진 오늘 하루가 시작이자 끝이기에
주어진 하루 시간에 만족해 하며
최선을 다해 살아야 하는
하루살이

생의 길고 짧은 차이만 있을 뿐
우리 인생도
이 하루살이와 너무나 닮았어라

순간의 선택

한순간에 찜한 옷을 사서 입고
좋아라 하고,
한순간에 너를 만나 눈도장 찍고
서로 사랑하면서 결혼을 하였다
모두가 순간의 선택으로 이루어졌다
오늘도 끊임없이 선택은 계속되고 있다
아주 소소한 점심 메뉴 선택에서부터
매우 큰 중대사(重大事)를 결정하고 선택하는 일까지
순간순간 일의 선택 속에서 우리는 살아간다
그때마다 올바른 결정, 올바른 선택이
얼마나 중요하고 소중한지…
"순간의 선택이 평생을 좌우한다" 라는
세인(世人)들의 말처럼
순간의 선택으로
인생의 성공과 실패를 좌지우지하기도 한다
매일매일 순간의 선택이 요구되는
오늘의 삶의 현장 속에서
올바른 결정, 올바른 선택을 할 수 있는
순간의 참 지혜가 있었으면…

좋은 것을 찾아서

좋은 물을 찾아서
좋은 물건을 찾아서
이곳저곳 여기저기
이것이 좋을까?
저것이 좋을까?
종업원이 보면 싫어할까 봐
마음 한구석, 조바심으로 눈치를 보면서
이것저것 고르고도 고르면서
'모든 물건들이 다 좋으면 참 좋겠는데'
속으로 생각도 해 보면서
피곤한 눈망울로
피곤한 발걸음으로
기웃기웃 기웃거리며 서성거리고,
시간 투자 노력 투자한 보람으로
애써 좋은 것 하나 찾으면
순간의 기쁨으로 만족해 하면서
하룻길을 등지고
집으로 돌아오는 발걸음이 못내 가볍다

이런 사람

깜깜한 어둠 속을 헤맬 때도
긍정 어린 눈빛으로
빛을 보고, 말하면서
사랑 위로 용기를 줄 수 있는 사람

말하면 말할수록 정을 심고
사귀면 사귈수록 지혜를 심고
서로의 삶에 디딤돌 되어
서로에게 플러스가 되는 사람

이런 사람 이런 사람 이런 사람
이런 사람이,
험난한 인생길 가는 골목골목마다
단 한 명이라도 숨겨진 행운으로 있었으면…,

사랑이 스칠 때

사랑이 스칠 때
내 맘도 살랑살랑 향기로 날린다

풍요 속에 빈곤

오곡백과가 풍성한 만추의 계절에
먼저 떨어진 낙엽 하나 외로이 길가에 뒹굴고,
끼니때마다
지갑 속사정을 살피는 것을 보니
풍요 속에 빈곤이로구나

이제부터라도

이제부터라도

열심히 해 봐
맘잡고 다시 시작해 봐
한번 잘 살아 봐

이제부터라도에

힘있는 포커스를 맞춘다
도약하는 변화를 준다
새 희망의 서광을 비추게 한다

느낌

왠지 잘될 것 같다는 느낌
남모르게 절로 스며드는 느낌
느낌! 무시할 수가 없네요
오늘도 좋은 느낌 갖고 살아요
하루를 열면서

동이 튼다

동이 튼다
어둠의 세력이 물러나고 있다
대신에 환한 희망의 빛이 문틈으로 비쳐 왔다
기지개를 켜고 심호흡을 한 번 크게 하고
하루의 첫 단추를 열었다
오늘은 무슨 일부터 할까?
특별히 정해진 일이 없는 날이 더 고민이다
휴일 같은 날
퇴직한 노년의 삶 같은 날
동트는 새벽은
저리도 찬란한 희망의 빛으로 비쳐 오는데…
밖은 저리도 분주한 아침으로 움직이고 있는데…
할 일 찾아
이것저것 머릿속 굴림이 안타깝기만 하다
이런 것들에 아랑곳없이
날마다 동이 튼다
여전히 희망의 빛으로

빛이 왔다

긴긴밤을 뚫고 빛이 왔다
어둠이 살그머니 꽁무니를 뺐다
새날이 희망으로 날개 쳤다
환희의 기쁨으로 첫 창문을 힘차게 열었다
알쏭달쏭한 삶의 현장으로 첫발을 내딛었다
저마다
오늘의 행복을 바라면서
내일의 꿈을 키우면서

길이 났다

길이 났다
누군가 먼저 간 흔적이 있다
누군가 먼저 한 경험이 있다
그 속에는 수많은 시간들이 들어 있다
다양한 사연들이 숨어 있다
선구자적으로 쌓은
많은 경험과 정성을 들인 이력들이 들어 있다
지금, 너와 나는
어떻게 반짝반짝 길을 닦고 빛내면서
어떤 길을 가고 있는가?
어떤 길을 내고 있는가?

선한 흔적으로만 길을 내면 좋겠는데…,

자극한다

스치는 말로써
어설픈 행동으로써

누군가가 자극한다
아무도 모르게,

몸이 움찔한다
마음이 쩔렁한다

오늘도 선한 자극으로만
삶의 촉진제가 되었으면…

하루,

하루,
하나님께서 주신 선물

누구나
경험하고, 지나가고, 넘어가는

피할 수 없는
생(生)의 한 마디, 한 조각

사람아!

사람아!
언제 보아도 좋았습니다
언제 만나도 기뻤습니다
사람아!
일평생 이런 사람으로만 살아 보자

거울로 보니

거울로 얼굴을 비춰 보니
군데군데 기미 주름살도 많이 보이고
맨 처음 하나님께서 주신 얼굴보다
많이도 상하고 변한 모습뿐이네

몸속을 X-Ray로 찍어 보니
이곳저곳에 장도 속 끓음으로 많이 상해 있고
거센 세파에 모든 기능도 쇠퇴해 가면서
맨 처음 모태에서 나온 싱그러운 모습은 아니네

마음속을 한번 말씀의 거울로 살펴보니
사랑보다는, 상하고 찢긴 영혼의 상처 속에
온갖 더러운 미움의 죄악 덩어리들이
속속들이 박혀 있어 꿈틀거리며 움트려 하고 있네

아, 온전한 것 하나 없는 허물진 모습이여!
오늘, 이 새벽에 읊조리듯 터지는 한마디 말은
주님! 이 죄인을 용서하여 주옵소서
주 안에서 늘 새롭게 하옵소서

난장판

세상이 난장판이다
연일 보도되는 정치판의 뉴스가 난장판이다
잘못은 다 남의 몫이다
모두가 다 자기가 잘한단다
책임질려고는 하지 않는다
조직의 무서움과 살벌함이 느껴졌다
덩달아서 탈수기 반품처리를 비롯한
너저분한 가재도구들 속에 갇힌
내 생활도 난장판이다
내 마음도 난장판이다
얼키설키 얽힌 실타래처럼 좀처럼 풀리지가 않았다
어디서부터 정리해야 할까?
무엇이 문제일까?
버릴 것은 빨리 버려야 하는데…
세상이 아무리 혼탁하고 난장판이어도
정신 바짝 차리고 살아야 하는데…
하루도 알 수 없는 요지경의 삶 속에서
내일은 좀 더 좋아지겠지
내일은 좀 더 나아지겠지
희망이라도 하나 품고 살자
저 하늘을 향한 강한 믿음으로

예쁜 것도

너무 예쁜 것도 흠이야
벌, 나비가
너무 귀찮게 하니까

그래도 예쁘고 싶어
예쁜 것도 신의 선물이고
예쁜 것은 모두들 다 좋아하니까

기다림

삶이 기다림의 연속인 것 같다
오늘도 끊임없는 기다림 속에서 하루를 연다
단 한 번도 이 기다림을
경험해 보지 않고 사는 사람은 없는 것 같다
점심시간을 기다리고
아침에 출근하면 저녁에 퇴근 시간을 기다리는
아주 소소한 일부터 시작해서
무엇인가를
누군가를
끊임없이 기다리면서 우리는 살아간다
이 순간도 우리는
행복을
성공을
사랑을
꿈꾸면서, 기다림으로 살아간다
늘인 목으로
애끓는 마음으로
그렇게 우리는 기다림의 인내로
시간을 투자하면서 하루해를 넘는다
설령 그 일이 이루어지지 않을지라도, 그렇게

괴롭히지 말아라

괴롭히지 말아라

너무 괴롭히면
꽃도 예쁜 꽃 못 피운다
나무도 좋은 열매 못 맺는다
사람도 잘 살지 못한다

꽃도
사람도
나무도
모든 만물도

사랑으로
사랑으로
사랑으로,
사랑 속에서 잘 자라고 크는 거잖니

너도 잘 알고 있잖니
너도 나도 잘 살고 싶잖니

일편단심

사랑하는 님에 대한 일편단심
좋아하는 일에 대한 일편단심
하나님 믿음에 대한 일편단심

늘 한곳으로 시선을 향한다

일편단심으로 꼭 이루자
일편단심으로 꼭 해내자
지극한 정성에 하늘이 감동할 때까지

아름다움

젊음은 그 자체가 싱그러운 아름다움이다
꽃은 그 자체가 향내 나는 아름다움이다

아름다움이 아름다움으로 잉태해서
아름다움을 사모하는 영혼들 속에 깃들어

영원한 아름다움으로
샘솟듯 스미어 나는구나

사랑으로

사랑으로
지금, 우리 마음의 텃밭을 한번 가꾸어 봐요
미움 대신에 사랑을
원망 대신에 감사를
싸움 대신에 화목을
심고, 뿌리고, 가꾸면서
사랑으로 마음의 텃밭을 한번 만들어 봐요
마음속, 사랑의 텃밭을 만들려면
우선 먼저 사랑의 씨앗을, 사랑의 은사를 받아야 해요
죄악의 쓴 뿌리들을 제거하는 수고도 해야 해요
남모르는 인고의 아픔과 인내도 있어야 해요
시간과 정성도 투자해야 해요
그저, 공으로 되는 것은 없어요
이것들에 우선해서
예수님 믿는 믿음으로 일궈야 해요
어렵지요, 그렇다고 포기할 수는 없지요
그래서 우리는
날마다 하나님께 기도할 뿐이지요
넉넉한 사랑의 은사를 물 붓듯 부어 달라고
늘 충만한 사랑으로 살게 해 달라고

삶

인생의 줄기 따라
저마다 다른 모습으로
저마다 다른 길이로
마디마디마다 희로애락의 꽃을 피우면서
절대자의 이제 그만, 목소리를 들을 때까지
호흡하며 살아간다

인생의 꽃밭

어느 날인가
갑자기 인생의 꽃밭을 한번 들춰 봤다
한복판에 믿음의 꽃이 피었다
군데군데 시(詩)꽃도 피었다
이외에 이름 모를 꽃들도 피었다
그런데 원치 않는 쓴 뿌리들도 보였다
까칠까칠한 들풀과 돌덩이들도 보였다
'싫은데, 뽑아 낼까 말까' 망설임 속에서
그때, 하나님의 한 말씀이 떠올랐다
가라지를 뽑다가 곡식까지 뽑을까 염려되어
인생의 마지막 추수 때까지 그냥 두었다는 것을,
내 뜻대로만
피울 수 있는 인생의 꽃이 아니듯
내 맘대로만
뽑을 수도 제거할 수도 없으니까
모든 것을 하나님께 맡긴 채로
연약한 그릇, 말없이 두 손 모아
그저 묵묵히 하늘을 향해 기도의 향을 올렸다

사랑하면 할수록

누군가를
무엇인가를
간절히 사랑하면 할수록
모든 것을 아낌없이 주고도 또 주고 싶지요
시간, 물질, 정성을 다 드리고도 드리면서도
기쁘고도 기쁘기만 하지요
사랑하면 할수록
자신은 없고
자신의 몸과 영혼의 그릇 속에다
사랑하는 것으로만 가득가득 채우면서 살지요
육은 사심 없는 수고와 인내 속에서
설령 고달픔이 찾아온다 할지라도
영혼은 늘 충만한 기쁨으로 채우면서 살지요
누군가를
무엇인가를
간절히 사랑하면 할수록,

미련 두지 말자

미련 두지 말자

떠날 때는 떠나야만 한다
보낼 때는 보내야만 한다

아무리 좋은 것도 정한 때와 기한이 있는 것을!
아무리 붙잡고 싶어도 붙잡히지 않는 것을!

서로가 갈 길이 다른 것인데,
연연해하는 미련의 문을 닫자

한 문이 닫히면 또 다른 한 문이 열린다
이것이 삶이고 인생인데,

미련 두지 말고 살자
또 다른 서광이 비춰 올 테니까

떠날 준비

마음으로
머릿속, 생각의 서랍장을 정리한다

행동으로
생활 속, 사물의 서랍장을 정리한다

떠날 때는 떠나야만 한다
하늘이 무너지는 아픔이 있을지라도

그대가 있어서

목청껏 부르다 죽을 노래여!

흥겹게 읊다가 죽을 시들이여!

그대가 있어서 늘 살 만했고

그대가 있어서 늘 행복했었네

영원한 내 삶의 동반자로서

감정의 그릇

어느 날인가
예기치 못한 시간에, 엉뚱한 일로
감정의 그릇이 소리 없이 깨졌다
아무리 강력 본드로 붙여 봐도
이 감정의 그릇은 상하고 금이 가고
예전과는 다른 온전치 못한 모습뿐이었다
이렇게 감정의 그릇은 한 번 깨지면
다시 예전의 온전한 모습으로 되돌리기는
참 힘들다
평상시 이 감정의 그릇이 깨지지 않도록
살얼음판 걷듯이 조심조심 조심하며 걸어야겠다
살살살 다루어야겠다
먼 훗날에도
그리움의 자국으로만
사랑의 흔적으로만
가슴 가득 담아져 그려질 수 있도록!

사랑했노라

사랑했노라
마음 가득히

삶이 외로울 땐
더 사랑했노라

두 손을 꼭 잡고
하늘 가득히

부드럽게 흐르는 삶

강추위에
한강물도 꽁꽁 얼었구나

혹독한 세파에
세인의 마음도 꽁꽁 얼었구나

영원토록 얼지 않는
부드럽게 흐르는 삶이었으면…

벗자

벗자
벗자
알몸 되어 모두 씻어 버리자

무더위 속에서
온몸에 불청객으로 머무는 끈적이는 땀방울들을
시원한 물로 씻어 버리자

생활 속에서
남모르게 쌓이는 온갖 스트레스들을
시원한 선풍기 바람으로 모두 날려 버리자

벗자 벗자
머리끝부터 발끝까지 훌훌 벗고
온갖 영육의 불순물들을 말끔히 씻어 버리자

영혼의 청량제인 하늘 바람 마시며
순결한 영혼에 걸림돌 되는 온갖 죄악들을
훨훨 날리며 모두 씻어 버리자

돌보다

아이를 돌보다
노인을 돌보다
이웃을 돌보다

돌봄을 키우기 위해서
관심의 양념도 듬뿍 넣었다
시간, 정성의 소스도 듬뿍 뿌렸다

서로가 오고 가는 인정 속에서
사랑의 향기가 물씬 솟아났다
아! 사람 사는 맛이 나는구나

함께 일하니 좋아요

함께 일하니 좋아요
함께 동행하니 기뻐요

시선을 한곳으로 모으고
한뜻 한마음으로 일하니

어려움은 반으로 줄고
기쁨은 곱으로 늘고

우정 속, 일하면서 쌓아 가는
토실토실 살찐 보람의 열매들이

시간의 흐름 속에서
기쁨으로 여물어 가고 있었다

감사의 노래

눈뜬, 새아침 주심을 감사
글 쓸 수 있는 건강 주심을 감사
원하는 것을 이루어 주심을 감사

하루하루,
매 순간을 감사로만 쌓고 쌓아서
감사로만 살게 해 주시니 감사

감사 감사 감사
범사에 감사
오늘도 감사로만 뭉친 하루를 살게 하소서!

에미 마음

남들은 다 별로인데
에미 눈에는
아기가 예쁘기만 하고 사랑스럽기만 하다
얼러 주시고 보듬어 주시다가
갑자기 쿵쿵 똥 냄새에
모두들 코를 막고 도망쳐도
에미는 건강하게 똥 잘 눈다고 기뻐하시면서
우리 아기 예뻐라 하시면서
기저귀를 갈아 주신다
이것이 에미 마음이고 에미 사랑인가 보다
이런 에미 마음으로만
이런 에미 사랑의 눈빛으로만
모든 사람들을 대하면서 살았으면…

돌고 돈다

돈이 돌고 돈다
명예가 돌고 돈다
권력이 돌고 돈다

영원한 것 없는 시간 속에서
시끄러운 세상 속에서
잡힐 듯 말 듯한 인생 속에서

빙글빙글 돌고 돈다
새삼스레 세상 이치를 들쳐 보니,
참 평안하구나

일터에서

어제 세면장에서
엄지발가락에 전자칩을 맞았는지
약간 절뚝거리는 불편한 발로 출근했다
업무와 인사말 외에는 아무 말 안 해도
주변에 출근한 직장 동료들의 얼굴을 보니
어제 피곤했는지 얼굴들이 부석부석하다
오늘은 2월의 마지막 날이다
일찌감치 업무 정리를 해놓고 여유로움으로 마시는
커피 한 잔의 향이 감미롭기만 하다
모두들 분주하게 움직이는 일터에서
유독 혼자서만 한가한 나,
엄지발가락 아픈 상태에서는 다행이다 싶은
생각이 들면서도
오늘의 느슨한 근무가 그리 마음 편하지만은 않았다
차라리 바쁜 게 낫다
바쁘게 일하다 보면 잡념도 없어지고
시간도 잘 가니까
일한다는 것은 신의 축복이고 선물이니까
내일의 꿈을 키우는 통로도 되니까

발이 아파도

발이 아파도 걸어야 해
살기 힘들어도 살아야 해

내가 원해서도 아니고
네가 원해서도 아니고

우리를 지으신 창조주의 스케줄대로
우리는 피조물이니까, 그렇게

발이 아파도

침묵

침묵,
네 속에 많은 의미를 품고 있어
똑같은 환경
똑같은 사건
똑같은 사물
....
침묵 속에 흐르는 침묵의 물결들
바라보는 사람들의 시선들마다
모두가 다 다르고
모두가 다 자유롭게 생각하고,
…해석해

차 한 잔의 기쁨으로

차 한 잔의 기쁨으로
고단한 일손에 잠시 쉼표를 찍고
오는 졸음을 막으며
오후의 나른한 몸 피곤을 덮으면서
풋풋하고 넉넉한 하룻길을 걸어간다

차 한 잔의 기쁨으로

떡 선물 하나

떡 선물 하나를 근무 중에 받았다
손끝에 따뜻함으로 흐르는
나눔의 서정이 도탑게 느껴졌다
옛날이나 지금이나
떡 선물은 주로 경사 때나 기념일에 받는 것인데
의외의 떡 선물에 속으로 갸우뚱했지만
집에 가지고 가서
전자레인지에 데워 먹으면 되겠다 생각하고
조용히 책상 서랍에 넣었다
떡 선물 하나를 무슨 영문도 모른 채 받으면서
오고 가는 인정 속에 훈훈함이 돌았다
잔잔한 기쁨 속에 나눔의 사랑이 느껴졌다
옛날 배고픈 시절에는 참 많이도 좋아했을 선물인데…,
누군가의 말없는 사랑의 수고와 손길 속에
오늘도 기쁨으로 충전 받아
하룻길을 힘차게 걸어갔다

살아 있다는 것은

살아 있다는 것은

숨쉬며
생각하고
무엇인가 움직이며 한다는 것

좀 더 가치롭고
좀 더 보람 있는 일을 향해
시간, 물질, 온갖 정성을 다 투자하고

희망으로 내일의 꿈을 키우면서
성공을 꿈꾸면서
모든 결과를 하늘에 맡기면서

누구나 원하는 행복을 향해 가는 것이 아닐까?

남은 인생

지나온 날보다 더 짧게 느껴지는
남은 인생의 날들

내일을 알 수 없는
알쏭달쏭한 미지의 광야 길을 걸으며

그저, 하늘을 향하는 간절한 눈빛으로
힘든 역경의 삶을 뛰어넘으며

오늘도 하늘 바라보기로 살아요
마음 가득히!

가난

허름한 집
낡은 가재도구들
남루한 옷차림
가난을 가장 잘 대표하는 모습들

가난은 누구나 싫어하는데,
왜 그리 가난은 끈질기게 따라붙는지…

열심히 살았고
열심히 살아왔다고 자부하고 있었는데,
반기지 않는 가난은 삶 속에 뿌리 깊이 내리고

벗어나고 싶은데
탈피하고 싶은데

늙어 가는 육신은 더듬더듬 더 더듬거리고
흔들리는 삶은 흔들흔들 더 흔들거리고
숙명적으로 피할 길 없는 가난만 내 곁에 다가와
내 삶을 온통 좌지우지하고 있었다

척의 처세로

불리할 땐 모르는 척
모르는 것도 아는 척
미워하면서도 사랑하는 척
시치미 떼고 ~척, ~척, ~척
때때로 척의 처세가 생활 속에서 활개를 친다
남들은 모르고 자신만 알아야 성공이다
통찰의 눈이 있는 사람에게는 맥을 못 춘다
때로는 허세 부리는 짓도 한다
때로는 살아가면서 척의 처세가 필요하기도 하다
척의 처세를 너무 발휘하면 신뢰감이 없어진다
아주 조금씩만, 아주 드물게, 양념처럼
지혜롭게 사용한다면 괜찮을 것도 같은데…
다른 사람들과의 좋은 관계 유지를 위해서
자신의 보호막으로

사랑하며 살아야지

사랑하며 살아야지
미워하지 말아야지

마음속으로
다짐에 다짐을 하면서도

스치는 옷깃의 인연 속에서
절로 스며드는 감정의 흐름 속에서

어느 순간, 나도 모르게
온통 내 영혼을 침범하며 흔들고 있네

아! 사랑도 미움도
내 맘대로만 되는 것은 아닌가 보다

고독

혼자서 산다
혼자서 먹는다
혼자서 일한다

이것까지는 그런대로 괜찮아
요즘 독거노인들도 많으니까

그런데 혼자서 논다
이것처럼 힘든 것은 없는 것 같다
삶의 가치나 보람도 못 느끼고…

아! 외로운 고독만 밀물처럼
뼈속 깊이 더 밀려오는구나

이사

옮긴다
떠난다
새롭게 시작한다

새롭게 시작되는 생(生)의 한 노래

새롭게 시작되는 생의 굴레 속에서
음정과 박자도 잘 맞추면서
새로운 비전으로 아름답게 꾸미며 불러 보자

먼 훗날까지 새겨질 수 있도록!

사람마다 다르다

세상 살면서
선한 사람은 한없이 선하다
악한 사람은 한없이 악하다
어떤 사람은
작은 말실수 하나에도 마음 아파한다
어떤 사람은
큰 범죄에도 태연자약하며 철 가면 쓰고 산다
사람마다 제각기 다 다르다
어떤 때는 한사람 안에
이 두 모습이 함께 공존하며 나타나기도 한다
오래 사귀고 볼 일이다
오래 살면서 두고 볼 일이다
사람 사는 세상에서
선한 사람, 진실한 사람 하나 만나는 것이
그 얼마나 소중한지
그 얼마나 큰 축복인지
생각하면서,
새삼스레 주변을 한번 돌아본다

예쁜 모습 없어

거기, 그 사람
예쁜 모습 하나 없어
허, 내 맘에
예쁜 모습 하나 없는 것은 아닌지…

꼭 필요한 존재로

사람이든
사물이든
어느 것이든, 누군가에게
꼭 필요한 존재가 있다
스마트폰이 그중에 하나인 것 같다
한순간도 곁에 없으면 찾게 되고 불편하다
눈뜨자마자 이것부터 본다, 시간을 보느라고
가족보다
애인보다
더 많이 보고
더 많은 시간들을 함께한다
곁에 없으면
정말 불편하고 일하는데도 많은 지장을 준다
이처럼 유익을 주는 존재가 있을까?
엊그제 이러한 스마트폰을 새로 구입했다
아직은 서로가 익숙한 관계가 아니어서
친구하는데 더 많은 시간이 필요했지만,
새롭게 만난 너를 통해서
꼭 필요한 존재의 의미를 다시금 되새겨 본다

가면 쓴 얼굴

오늘도 가면 쓴 얼굴로 살아요
화장기 하나 없는 맨얼굴로
옷 하나 걸치지 않은 알몸으로
착하지 않은 마음으로
남한테 나를 보인다면 매우 부끄럽거든요
군데군데 기미 주근깨 같은 잡티도 많이 보이고
마음 깊이 숨겨진 악의 쓴 뿌리도 보이고
그래서 때때로, 누구나 자신의 허물을 가리면서
싫어하면서도 좋아하는 척
미워하면서도 사랑하는 척
악한 마음 있으면서도 착한 척
화장으로
예쁜 옷으로
달콤한 사랑의 입술로
두껍게 치장하고 가리면서 가면을 쓰고 살아요
자신의 흉한 모습, 마음의 쓴 뿌리가 잘 보이지 않도록
애쓰고 힘쓰면서 꼭꼭 감춰진 모습으로 살아요
좋은 관계 유지와 평화로운 삶의 터전을 위해서
적당히 가면 쓴 얼굴은 때때로 필요하기도 하지요
오늘, 진실을 왜곡하지 않는 적당한 가면으로
자신의 추한 모습들을 모두 가리면서 살아가는
삶의 지혜가 있으시기를!

엇갈린 운명

내가 좋으면 네가 싫고
네가 우 하면 내가 좌 해야 하는
희비가 엇갈린 운명의 기로 선상에서
자신의 의지와 관계없이
간간이 우리들 삶 속에 끼어든 엇갈린 운명
이런 엇갈린 운명은
피할 수만 있다면 피하고 싶다
서로가 다 함께 행복하고 싶은데…
이것은 누구나의 바램이 아닐까?

사람 사는 게 다 그렇지 뭐

별것 아닌 일에 웃음 짓고
별것 아닌 일에 화를 내고
아무리 인내하면서 살고
아무리 학식 있고 덕망 높은 사람일지라도
싫은 것 보면 싫어하고
좋은 것 보면 좋아하고,
이것에 벗어나는 사람은 별로 없더라
근본 사람의 심성은 다 비슷하더라
근본 사람 사는 모습은 다 거기서 거기더라

사람 사는 게 다 그렇지 뭐

흔들리는 마음

이럴까 저럴까
마음속에서 이 궁리 저 궁리
두 갈래길로 흔들흔들흔들
중심을 잃고 흔들거리는 마음
심호흡을 크게 하고 하늘을 한번 바라보자
냉철한 이성에 초점을 맞춰 보자
무엇이 문제일까?
마음이 문제일까
주변 상황이 문제일까
고개 갸우뚱한 몸짓으로 순간을 스친다

삶이 외로울 때

삶이 외로울 때
그대 손잡아 줄 사람이 있는가
그대 함께 있어 줄 사람이 있는가
그대 함께 노래 부를 사람이 있는가
함께할 누군가가 있다는 것은,
이미 외로움이 아닌 것을!

보아라

바쁜 일손을 잠시 멈추고

하늘을 한번 보아라
네 모습을 한번 보아라
네 주변을 한번 둘러보아라

단 한순간이라도
보면 볼수록 기쁨이 일고
보면 볼수록 사랑이 스며 난다면

이 또한 행복한 일이 아니겠는가

고통도 쉬이 지나가리라

잠 못 이루며 뒤척이는 밤
끈덕지게 붙어서 괴롭히는 것들
이 밤, 이 고통도 쉬이 지나가리라
억세게 흐르는 시간의 물살에 흘러가리라

인내하기조차 힘들 정도로
희망 하나 없다고 생각될 정도로
그대, 지금 고통이 있는가
그대, 지금 슬픔이 있는가

이 고통과 슬픔도
영원히 머물지 않는 시간의 물살에 밀려서
쉬이 흘러가리라
쉬이 지나가리라

감정의 노예

몸은 자유로운데 마음이 묶여 있다
무엇인가 마음속에 걸림이 있다
냉철한 이성과 현실의 갈등 속에서
생각은 이러한데 행동은 저러해야 한다
누군가에게 원치 않는 비위를 맞춰야 한다던지
누군가로부터 묵계적인 청탁을 받았다던지
사람은 양심이 있는 존재라서
양심에 걸림이나 불일치 되는
어떤 상황에 놓였을 때,
자신도 모르게 절로 감정의 노예가 된다
아무도 자신을 노예처럼 부리지도 않았다
막 대하거나 명령하지 않았음에도 불구하고
현실과 냉철한 이성의 불협화음 속에서
그 누구도 그 어느 것에도
구속되지 않은 자유의 몸으로,
마음은 절로 감정의 노예가 된다

우리 안에 자꾸 양심이 꿈틀거리면서

인생은 싸움터

인생은 끊임없는 싸움터

몸안에 드나드는 질병과의 싸움터
영혼에 넘나드는 악과의 싸움터
이웃 간에 오고가는 이해득실의 싸움터
자연 속에 찾아드는 추위 더위와의 싸움터

인생은, 끊임없는 한바탕의 싸움터

인생은 싸움터

제2부 오늘, 옛 모습을 그리다

누구나,
어제 없는 오늘 없고 오늘 없는 내일 없다 _ 배미자

가는 길 바빠도

설도 지나고
가는 길 바빠도 한번 뒤돌아보아요
다시 한번 꼼꼼하게 삶을 점검해 보아요
지금까지 잘하고 있었는지
지금까지 잘 살고 있었는지
새해, 새롭게 계획된 청사진대로
착오나 누락 없이
삐뚤삐뚤 삐뚤거림 없이
올곧게 잘 진행시켜 가고 있었는지
한가한 설 연휴 동안에 뒤돌아보아요
마음 비우고 청정한 마음으로
하늘을 향해서

그래 그랬었지

멋쩍은 마음으로
어설픈 몸짓으로
가느다란 희망 줄기 하나 부여잡고
자존감을 뒤로 멀리 물리치고
들어주지 않을 것을 뻔히 알면서도
혹시나 하는 기대감으로
부탁에 부탁을
사정에 사정을
시도하고 시도해 보았었지

그래 그랬었지, 그날에

주름살

마음속에서 얻어진 근심 자국
생활 속에서 굳어진 고생 자국
세월의 흐름 속에서 남겨진 인생 자국
자국 자국들마다
인생의 훈장처럼 달아 간다

말하고 싶지 않았어

말하고 싶지 않았어
너무 황당하고 기가 막혀서
너무 어이가 없어서
그만, 입을 다물었어

말하고 싶지 않았어
너무 나 자신의 생각이나 가치관과 달라서
너무 나 자신이 아는 게 없어서
그만, 입술을 닫았어

오늘의 삶의 현장 속에서
단 한 번이라도
이런 일, 이런 생각을 갖지 않는
만남이고 삶이라면 참 행복할 텐데…,

고난 속에 핀 꽃

모진 들바람 맞으며
할퀴고 긁힌 상처 속에 피어난 꽃
군데군데 상처 난 흔적들마다
진액 뺀 네 향기 솔솔 품어 내고,
네 향기 따라 나풀나풀 찾아드는 꽃 나비들
실바람에도 흔들리는 여린 꽃잎들 사이사이마다
간지럽히며 짓궂게 장난질치고,
고난 속에 핀,
코끝을 스치는 네 향기가
지나는 행인들의 발걸음을 잠시 묶고
고달픈 하룻길에 순간의 휴식으로 머문다

메아리

아주 오래전 친구들끼리
서로 앞다투어 산 정상에 올라
크게 심호흡을 한 번 한 후에
제일 먼저 산 정상에 올라온 친구부터 시작해서
큰 목소리로 "야호" 소리 높여 연달아 외쳐 보았지
여기저기서 "야호" 소리가
서로 경쟁하듯
서로 신이 난 듯
산등성을 타고 메아리로 울려 왔지
짓궂은 어떤 친구는
"아무개를 좋아해" 라고 말하기도 했지
메아리도 덩달아 "아무개를 좋아해" 라고 말하니까
그것을 좋아라 하면서 친구들끼리 장난질도 쳤지
그때, 그 친구는
자기 속마음을 그렇게 메아리로 표현한 걸까?
지금까지도 아리송하기만 하다
아무튼 오래전에 들었던 그 메아리를 통하여
한 깨달음이 왔다
예쁜 말, 고운 말, 선한 말을 하자
그래서 메아리처럼
예쁜 말, 고운 말, 선한 말로 돌려받자
서로의 삶에 행복이 가득하도록!

얼굴 하나

세상살이가 고달플 때
하늘 가득 외로움이 스며들 때
아련한 추억 속,
그리움의 영상으로 떠오르는 얼굴 하나
추울 때 따스한 손길로 보듬어 주시고
내 설움 내 고통 다 들어주시고, 얼러 주시고
나의 가장 삶의 조력자가 되어 주셨던, 님아
당신을 먼 하늘나라로 떠나보내던 날
내 사랑 전부를 잃어버린 것처럼
슬픔을 통곡으로 토해 내게 했던, 님아
가슴을 스치는 수많은 인연 속에서도
유독 참사랑으로 그려진 당신의 모습
눈앞에 아른거리는 그리움의 꽃으로 피어나
촉촉하게 내 눈망울을 적서 흐른다
사랑받으면 받을수록
사랑도 더욱더 깊어 가고
그리움도 더욱더 깊어 가고,
그렇게 모진 세월, 험난한 인생길을
따뜻하게 감싸안는 사랑의 여운으로
오늘도 위로 받으면서
새 힘 얻어 훈훈한 하룻길을 걸어간다

시간의 탑

시간이 줄기차게 흐르고 있다
사람마다 시간의 탑을 줄기차게 쌓아 가고 있다
인생의 시간이 멈추지 않고 가고 있다
지금, 몇 시지? 아홉 시 오십 분이야
아니, 좀 전까지는 그랬는데 지금은 아니야
지금 이 순간도 멈추지 않고
일 초, 일 분, 한 시간, 그렇게 그렇게
시간들을 인생의 탑처럼 쌓아 갔다
기쁘고 좋은 시간들은
곁에 두고두고 머물게 하면서 살고 싶은데,
아무 소용없다, 우리들 힘으로는
어떤 권력이나 돈으로도 이 시간을 머물게 할 수 없다
그저, 하늘의 뜻 안에서
그저, 자연의 섭리 속에서
보이지 않게 말없는 움직임으로
일 초, 일 분, 한 시간 그렇게 그렇게
차곡차곡 시간의 탑으로만 쌓아 갈 뿐이다
자신의 뜻과는 상관없이,

혼적

머물다 간 자리가 아름다웠어
쉬다 간 자리가 향기로웠어
그래서 더 그리웠어
그래서 더 생각났어
삶의 길목에서
우리, 늘 이런 혼적으로만 남겨 보자

후회

그때,
그럴걸 그랬어
그랬어야 했는데

"미워한다" 보다
더 싫은 말이다
더 듣기 싫은 말이다

끊임없는 시간의 흐름 속에 묻혀서
그 순간의 잘못된 선택이나 실수를
영원히 처음 상태로는 되돌릴 수 없으니까

추억의 화롯불

오늘, 춥고 외로운 날
추억의 화롯불을 한번 활활 지펴 보자
그 옛날
간간이 밤, 고구마 화롯불에 꼭꼭 숨겨 놓고
부삽으로 불씨들을 다독거리면서
듬뿍, 시간과 정성을 쏟아붓고
맛나는 군밤, 군고구마 구워 먹던 시절
너무 뜨거워서 호호 입김으로 열기를 날리며
함께했던 그 사랑하는 …님들의 얼굴이
머릿속 추억의 영상으로 떠올랐다
배고픈 시절
별다른 간식이 없던 시절
참 많이도 좋았었는데,
참 훈훈한 온기 속에 하나의 기쁨이었는데,
이제 정든 님 훨훨 날아 하늘로 가시고
홀로 지내는
차가운 냉기를 입은 방 기온이
더욱더 춥고 시린 가슴을 만들고,
그 훈훈했던 옛 추억 속, 화롯불의 온기가
사무치는 그리움으로 가슴에 피었다

삶이

삶이
달랑이는 달력 한 장을 스치면서 갔다
차가운 겨울바람만큼이나
움츠린 몸, 시린 손이 차가운 냉기 속에 휘감겼다
매일같이 반복되는
개미 쳇바퀴 돌듯 하는 일상의 생활 속,
무엇을 위해서 사는가?
살 만한 가치가 무엇일까?
혼자서 마음속에 스며드는 끊임없는 질문들
올해 무엇을 했지
일 조금하고, 시 몇 편 쓰고
먹고사는 문제에 매여서 전전긍긍하며 산 것 같은데,
만일에 하나님께서 마지막 심판대 앞에서
너는 세상에서
무엇을 하며, 어떻게 살았느냐? 라고 물으신다면
무엇인가 자신 있게 대답할 말이 있어야 할텐데
이제, 이 해도 얼마 남지 않았는데…
한 해의 결산, 마음의 결산을 다지면서
또다시 새해를 준비해 본다
삶이
비록 화려한 꽃밭이 아닐지라도

설 연휴 속에 생일

홀로 지내는 설
홀로 자축하는 생일
혼자에 익숙해진 삶
혼자서 마시는 미역 쌀국수 맛이 시원하다
혼자서 먹는 찰떡도 맛나다
생일 밥상치고는 너무나 초라한 밥상
초대할 사람도
초대해 줄 사람도 없는
설 연휴 속에 푹 빠진 생일
외롭고 초라한 설 한복판에 홀로서기 인생의 한 자락이다
사람들 삶이 다 다르고 다양하듯이
생일날 상차림도 다 다르고 다양하다
서로가 생일 선물을 주고받고
함께 생일 축가를 부를 누군가가 있다는 것은
피곤함의 부담도 있지만, 그보다는 더 축복이다
사람들끼리 서로 부대끼면서 어울려 살 때
사람 사는 참맛이 나는 거니까,

그렇게 그렇게 젊었을 때는 살았었는데…

설날 고향의 서정

설경으로 펼쳐진 고향 앞산은
그 옛날 그대로인데,
온 가족이 화기애애한 분위기 속에서
설날 꽃처럼 피었던
세배 드리고, 세뱃돈 받으면서
덕담 들었던 그 옛 님들 얼굴은
어느 곳에서도 찾아 뵐 수가 없구나
설날, 고향의 서정 속에 녹아진
한 상 가득 잘 차려진 음식들
동네 어른들 찾아뵙고 세배 드리던 풍습들
다시는 뵐 수도 없고
다시는 느낄 수도 없는
그 옛 님들 얼굴들
그 옛 설날의 아름다운 서정들이
이제, 아련한 추억 속
한 송이 아름다운 그리움의 꽃으로 피어나
뭉클뭉클 가슴속에서 아른거리는구나
아! 그 시절엔
정말 설 풍경으로 느껴졌었는데…,

그리움이 흐르네

그리움이 흐르네
아스라이 사랑받던 옛 추억의 줄기를 타고
메마른 광야 길에서
촉촉한 눈망울 되어 흐르네
내 가슴을 타고 흘러내리네

삶이 외로울 땐, 더욱더

생각 보따리

눈뜬 이른 아침에
생각 보따리를 한번 풀어 보자
과거부터 현재까지 교통정리가 안된
무질서의 오만 가지 잡동사니 생각들이
이리저리 뇌 속에서
형형색색 칠면조처럼 꿈틀거리고 있었다
어디서부터 정리해 갈까
무엇부터 정리해야 할까
버릴 것은 버려야 하는데,
좋은 것 예쁜 것만 남겨두고 싶은데…
너무 많은 생각들을 품고 살기에는
뇌의 용량이 너무 부족하고 힘들어
그런데 그냥 버리기에는 아까운 것들도 있어
그냥 헝클어진 채로 놔두면서 살까
어쩌지, 순간의 갈등과 망설임이 싹텄다
저절로 생각의 교통정리가 될 수만 있다면
참 좋겠는데…

세월이 바람처럼 가네

소리 없는 살걸음으로
세월이 바람처럼 가네

내 아픔도
내 설움도
시간의 흐름 속에, 모두 지우면서 가네

'좋아라 좋아라 좋아라'

내 청춘도
내 기쁨도
다시 붙잡을 수 없는, 빠른 살걸음으로 가네

'아쉬워라 아쉬워라 아쉬워라'

내 마음 아랑곳없이
세월이 바람처럼 가네

제3부 계절의 창에서

자연은 하나님이 주신 선물이다 _ 배미자

봄빛 내리고

봄빛 두른 아침을 코끝으로 마시며
출근하는 발걸음이 상쾌하다
노년에 아침 일찍 어딘가로 출근해서
비록, 그 일이 아주 소소한 일일지라도
무엇인가를 한다는 것은 행복이다
느슨한 일터에서
조금은 일에 보람을 찾을 수 있는 일이라면
더 큰 기쁨이고 행복이다
겨울 내내 움츠린 초목들에게
화사한 봄빛으로 내린 하늘의 은총만큼이나
노년에 봄빛 두른 대지를 밟고
아침 일찍 출근할 곳이 있다는 것은
무엇인가를 한다는 것은,
봄빛으로 내린 하나님의 크신 은총이고
생의 커다란 행복이다
요즘같이 취업이
하늘의 별따기 시대에서는, 더욱더

하늘빛이 좋아도

따사로운 봄빛 품은
하늘빛이 아무리 아름답고 좋아도
아무리 남들이 다 좋다고 해도
내 마음이 천국이면 천국이고
내 마음이 지옥이면 지옥인 것처럼,
모두가
내 마음속의 일인 것을!
내 마음속의 느낌인 것을!

3월의 빗소리

어둠으로 짙게 깔린 밤
지붕을 두드리고
처마 밑 대지를 두드리고
잠결에 내 마음의 창을 두드리면서
3월의 빗소리가
내 영혼을 깨우면서 내린다

부슬부슬 추위 속에 대롱거리는
3월, 겨울의 맨 끝자락에서
겨울을 보내는 이별의 눈물인가
굳은 땅을 부수고 부스스 일어나
부드럽게 씨앗들 움트 임의 준비를 하는
꽃피는 새봄을 알리는 만남의 전주곡인가

3월의 빗소리가 들린다
밤의 고요를 타고 어둠을 뚫으며
시끄럽지 않은 차분함으로
어떤 이에게는 슬픔으로
어떤 이에게는 희망의 기쁨으로
3월의 빗소리가 차분함으로 내린다

이사 여행의 기로에서

이러지도 저러지도 못하고
머물 수도 떠날 수도 없고
마음대로 셋방을 고를 수 도 없는
29년 가난한 셋방살이, 이사 여행의 기로에서
주변은 온통 봄꽃 봄 향기 무르익어
물오른 봄빛 잔치로 살랑거려도
지칠 대로 지친 곤한 내 영육은
여전히 봄빛을 느낄 수 없는 황량한 허허벌판인 것을!
그리 허랑방탕하게 산 인생도 아닌데…
왜 그리 가난은 불청객처럼 따라다니는지,
반복되는 이사 여행의 기로에서
잠시 시 한 줄로 마음 달래 보는 여유를 갖고
코끝으로 스치는 봄빛 잔치 속에 나를 적셔 본다
조금은 봄빛으로
내 영육의 쉼터 공간에서 마음의 여유를 느껴 본다
이 봄꽃 만발한 계절에,

브레이크 타임(break time)

막간에 쉼의 공간이 있어서 기쁘다
일 중에 차 한 잔의 여유가 있어서 기쁘다
막간의 차 한 잔의 여유와 쉼으로
심신이 파릇파릇한 활력으로 돌아났다
오월의 신록으로 싱그럽게 피어났다
저 온누리의 초목들처럼,

오월은,

오월은,
물오른 초목들마다
싱그러운 초록빛으로 꽃피는 달

오월은,
토끼 같은 자녀 사랑, 태산 같은 부모님 사랑으로
화기애애한 분위기 속에서 가족의 사랑을 키우는 달

오월은,
팔팔한 신록의 열정으로 심고 뿌리면서
내일의 풍성한 결실을 기다리는 달

오월은,
너나없이 싱그러움을 먹고 자라면서
파릇파릇한 초록의 사랑으로 꽃피는 달

오월은,

광나루로 실개천 길을 걸으며

봄빛 따라
줄줄이 활짝 핀 꽃길 따라
졸졸졸 흐르는 광나루 실개천 따라
내 발걸음도 덩달아 따라 걷고,
광진의 수많은 역사도
광나루로 실개천의 흐름 따라
잔잔한 물살을 스치며 졸졸졸 흘려 보내고,
이처럼 오랜 세월의 흐름 따라
미움도 흘려 보내고
아픔도 흘려 보내고
설움도 흘려 보내고
그렇게 그렇게 모두 흘려 보내면 되는 것을!
앙금 없고 걸림 없는 청정한 물로 살면 되는 것을!
흘려 보낼 것을 보내지 못하고
비울 것을 비우지 못하고,
가두고, 병든 고인물 만드는 속 좁은 우리네 마음들,
자연의 섭리 속에서
광나루로 실개천의 흐름 속에서
새롭게 깨달음으로 와닿는구나

하늘빛 가리고

하늘빛 가리고
부슬부슬 내리는 빗줄기를 타고
오월의 신록이 뚝뚝 떨어져 흐른다
전화선을 타고 들려오는
수급자 어르신들의 오고 가는 대화 속에서
삶의 애환들이 듬뿍듬뿍 묻어나고,
지금은 빗줄기로 하늘빛 가리어져 있어도
여전히 하늘빛은 존재하듯,
아무리 우리들 삶이 힘들고 어려워도
생명의 씨앗들은 여전히
우리들 속에 생생하게 숨쉬고 있어
우리들로 하여금
오월의 싱그러운 생명의 빛으로 비추게 한다
지금은 비록 하늘빛이 가려졌다 해도
영원한 사랑의 하늘빛으로
우리들 안에,

오월의 신록 속에서

오월의 신록 속에서
열차는 달리고,
차창 밖, 군데군데 스치며 들어오는
산과 너른 들 속에 날개 치는
오월의 신록이 싱그럽고 눈이 부시다
싱그러운 오월빛 속에서
하늘도 땅도
몸도 마음도
오월의 신록을 흠뻑 들이마시면서
열차는 말없이
오월의 신록을 뚫고
차분함으로 고향을 향해 달린다

우산처럼

하늘 창문을 열고 내리쏟는
굵은 빗줄기를 막아 주며
남녀노소 빈부귀천, 누구에게나
꼭 필요한 존재로
거리 속, 걸어 다니는 보호막의 지붕들
굵은 장대비 쏟는 오늘 같은 날,
나도 너처럼
누군가에게 꼭 필요한
하나의 우산 되어 살고 싶은데…,

초목이 웃는다

잔뜩 먹구름 먹은 희뿌연 하늘
장마 전선은 또다시 기회를 엿보면서
잠시 주춤거리면서 주변을 서성이고,
세찬 빗줄기로 두드려 맞는
혹독한 고문을 견디고
잠시 뿌린 햇살에 초목이 웃는다
달리는 열차 속, 차창 밖 눈앞에 펼쳐진
초록의 벼잎들이 눈부시도록 싱그럽다
집중 호우의 세찬 빗줄기를 잘도 견디었구나
어제의 고문 같은 혹독한 장맛비 견디고
오늘의 네 모습
초연하구나
힘차고 튼튼하구나
올해도, 무럭무럭 잘 자라고 자라서
토실토실 살찐 알곡 되어
네 주인의 마음을 흡족하게 하는
풍년의 기쁨으로 채워 주기를…!

잠시 뿌린 햇살에 초목이 웃는다

수박을 바라보면서

진초록색 줄무늬 옷을 입고
과일가게 진열대 위에서
가장 큰 덩치로 덩그러니 앉아 있다.
너를 바라보면서
날씨도 더운데 한 통 사다가
얼음 띄운 수박화채 해 먹으면 참 맛나겠다
그런데 저걸 어떻게 들고 가지
덩치가 너무 커서 너무 무겁잖아
그리고 사 가서 함께 나눌 사람도 없는데…
저걸 사서 누구하고 함께 먹지
혼자 먹기에는 너무 부담이고
이웃에게 잘라서 나눠 준다 해도
한자리에서 함께하는 즐거움이 아니라면
요즘 세상에 음식 나눔이 서로 부담인데…
거기다가 가격도 비싸고,
한참을 과일가게 앞에서
작은 고민으로 망설이다 돌아서는
외로움의 무거운 발걸음이
그 큰 수박 덩치만큼이나 무겁게 다가왔다.

여름이 가고 있다

작열하는 태양빛도
잠시 구름 속으로 얼굴을 가리우고
구슬땀을 절로 흐르게 하던 불볕더위도
주춤거리면서 살그머니 꽁무니를 빼려 한다
버튼 하나에 신이 나서 돌던 실내의 선풍기도
다른 날보다는
더 감미롭고 시원한 바람 물결로 장단 맞추며
끈적이는 여름 살갗을 달래고 어루만지면서
여름이 가고 있다

다른 해보다 올여름은
무더위가 더 억세게 삶 속에 파고들면서
더위 때문에 많이도 힘들었는데…
아무리 억세고 힘센 한여름 속 무더위라도
계절의 흐름 앞에선 속수무책인가 보다
이 시간도 소리 없이,
아주 조금씩 조금씩 고요하고 덤덤한 자태로
여름을 지우고 가을을 탄생시키는
자연의 섭리를 통해서
창조주 앞에서 아무것도 할 수 없는
아주 나약한 인생임을 깨닫게 하면서
끈적이는 여름이 가고 있다

입추

화덕 같은 불볕더위 속에서
아침에는 비가 오락가락하더니
오후에는 후덥지근한 여름빛 속에서
절기적으로 입추의 입김이 서려 왔다
무신경하게 받아들이던 계절 감각이
오늘이 입추라는 말에
끈적이는 여름 속에서 조금은 아련한 가을을 느낀다
아직도 무더위는 폭군처럼 기세등등한데,
계절의 흐름 속에서 작열하는 여름빛을 이기고
아주 미세하게 조금씩 조금씩 스며드는
입추의 선선하고 풋풋한 기운이
오늘의 여름빛 무더위를 가르고
내일의 풍요로운 가을빛을 향해 나래 쳤다

가을이 오고 있다

끈적이는 피부결을 살살 헤집고
아주 느린 걸음으로 가을이 오고 있다

가을의 향취가 오고 있다
가을의 풍요가 오고 있다

미세한 자연의 흐름 속에서
내 민감한 피부결 속에서

이 비 그치면

이 비 그치면
작열하는 여름빛도 잠시 주춤거리고
향내 짙은 가을이 성큼 문턱에 다다르겠다

이 비 그치면
너른들 알곡으로 익어 가는 곡식들 가을바람 마시며
살랑살랑 기쁨으로 춤을 추겠다

이 비 그치면
한 해의 결실을 바라보는 농부의 주름진 얼굴에도
모처럼 기쁨과 보람의 웃음꽃으로 피어나겠다

이 비 그치면
가을의 향취 속에 풍성한 결실을 바라보는
우리들 마음도 흐뭇한 미소로 스며 나겠다

이 비 그치면,

어린이대공원 길에서

온몸으로
자연 속, 향을 맛보고 느끼면서
어린이들은 신나게 놀이하며 배우고
어른들은 덩달아 따라와 산책하며 운동하고
어린이들 어른들 한데 어우러져
가족의 참사랑을 키우고,
어린이들 배움 속에서 꿈을 키우는
서울 도심 속에 꿈, 배움, 사랑을 담은
커다란 놀이동산

가을비가 내린다

추적추적 추적거리는 몸짓으로
만추의 가을빛에 녹아진 온 땅을 적시며
가을비가 내린다
너른들, 알곡으로 익어 가는 곡식들에게는
찡그린 얼굴로 맞이할
그리 반가운 손님은 아닐 텐데도
이런 것에 아랑곳없이
가을비가
가을걷이에 바쁜 일손을 잠시 멈추고
떡 해 먹고 쉼표를 찍고 가라는 떡비로써
침잠 속에 가을의 서정을 타고
추적추적 추적거리는 몸짓으로
하루해를 덮어 가며 내리고 있었다

가을의 향취로

형형색색 채색옷으로 갈아입고
바람에 달랑거리는 으스스 떨린 몸짓으로
가장 절정의 아름다움을 뽐내면서
잔주름 진 잎새 잎새마다 가을 향취를 뿜어내는
고운 단풍잎들

살랑이는 가을바람에
향내 짙은 자신만의 특유한 가을 향취로
지나는 행인들의 코끝을 스치며 마음을 잡고,
발걸음을 잠시 멈추게 하는
가을 들국화들

모두, 무르익은 가을빛에 녹아져 내려
하늘 아버지의 크신 은총과 섭리 안에서
가을의 향취로
온누리에 가을을 덮으며
가을의 서정을 곳곳마다 뿌리고 있었다

가을을 입은 은행나무들

노오란 금빛으로 장식하며
거리거리마다 즐비하게 서 있는
가을을 입은 은행나무들
구린내 나는 네 분신의 알갱이들
금빛 나는 이파리들 속에 꼭꼭 숨겼다가
바람의 장난질에 살그머니 하나씩 하나씩 땅에 떨구고
네 금빛의 이파리들 바람에 춤을 추다
견디다 못해, 빙그르르 춤추며 땅에 내려와
온 거리를 금빛으로 장식했다

네 금빛의 분신들이 쌓아질 때
지나는 행인들의 발길에 밟히며 코끝을 스치고,
구린내 풍기는 네 분신의 알갱이들을
투덜거림 없이 쓸고, 담고, 줍고, 하는 것은
우리들 간식으로 약재로 쓰는 유익이 있어서
그런 것은 아닐까?
오늘, 가을을 입은 저 금빛의 은행나무들 속에서
삶의 가치를 한번 생각해 본다
이와 같이 우리들 삶도
이 땅에서 누군가에게 조금이라도 유익을 주고
꼭 필요한 사람으로만 산다면,
그 누구에게도 꺼림 없는 삶이 되지 않을까?

첫눈을 맞으며

첫눈 맞은 거리의 나무들마다
새로운 설경으로 추적거리며 장식했다
거리의 차량들마다
느림보가 되어서 조심조심하면서 달렸다
첫눈을 맞으면서
시린 손, 시린 몸을 패딩 코트 속에 깊이 감추고
움츠리며 걷는 마음이
순간, 동심의 기쁨으로 가득차 올랐다
특별히 첫눈이 오는 날엔 더 큰 기쁨으로 친구들과 함께
"야! 첫눈이 온다" 호들갑스레 환호성을 치면서
함께 눈을 굴려서 눈사람도 만들어 보았고
서로 눈을 뭉쳐서 눈싸움도 해 보았지
그때, 그 시절엔 참 그랬는데,
이제, 무거운 숄더백 어깨에 메고 첫눈 속을 걷고 보니
덩달아, 숄더백 앞주머니에 한 움큼의 눈덩이도
살그머니 주인의 허락도 없이 들어와 앉아 있고
첫눈을 맞으며
설경으로 물든 촉촉한 거리를 홀로 걷는 기쁨이
그 옛날의 동심만큼은 아니어도
옛 추억들을 꿈틀거림 속에 다시 맛보게 하는
그리움으로 되살아나 하얀 눈꽃처럼 피었다

겨울비가 내린다

냉랭한 대지를 흔들며
다른 계절보다
더 차분하고 점잖은 몸짓으로
살금살금 주르륵주르륵
겨울비가 내린다
메마르고 냉랭한 겨울 땅들이
온몸 벌려 겨울비를 마신다
촉촉함으로
부드러움으로
냉기 속에 온기로
살며시 언 땅을 두드리며 다가와
겨울의 냉랭함을 녹여 준다
메마른 가슴을 타고 내려와
냉랭한 삶을 녹여 준다
성령의 단비처럼,

겨울이 깊어 가면 갈수록

겨울이 깊어 가면 갈수록
추위도 함께 깊어 가고
가슴속, 우려진 외로움도 함께 깊어 갔다
방 안 가득 냉기로 엄습한 침묵 속에
아스라이 떠오르는, 사랑 받던 옛 추억 하나
외로운 가슴속에서 꿈틀거리며 뒹굴고,
아무 사심 없이 받기만 했던
그 사랑이 얼마나 크고 깊은지를!
그때는 잘 몰랐었는데…
이제 추운 날,
냉기 속에 홀로 지내는 깊은 겨울의 삶이
추운 겨울만큼이나 더 짙고 깊게
그때 그 사랑의 훈훈한 여운 속에 잠긴다
겨울이 깊어 가면 갈수록
추위도 외로움도 함께 깊어 가고
아스라이 사랑받던 옛 추억 속,
그리움도 덩달아 깊어 갔다

겨울이 깊어 가면 갈수록,

눈보라 속에서도

희뿌연 하늘 아래
휘몰아치는 눈보라 속에서도
육중한 무게, 역경을 뚫고 열차는 달린다
굴곡진 험난한 인생길,
아무리 어렵고 힘들어도
내가 해야 할 일은 내가 해야 한다
자신이 감당하기에 너무 힘들고 어려워서
피할 수만 있다면 피하고 싶지만,
피할 수 없는 숙명적인 일이라면
더욱더 그러하다
힘차게 역경을 뚫고 나아가는 것이다
불굴의 투지로 용기 있게 해 보는 것이다
모든 결과를 하늘에 맡기면서…
이렇게 살 때,
고진감래의 축복을 받을 수 있는 것이 아닐까?
올해엔 더욱더 삶의 역경을 뚫고
불굴의 투지로 승리의 삶만 살았으면…,

들꽃처럼

들꽃처럼,
하늘 햇빛 하늘 비 먹고 마시며
바람의 짓궂은 장난질에 살랑거리면서
향내 짙은 사람으로 오늘을 살아간다
주변에 보호막 하나 없다
주변에 둘러친 울타리 하나 없다
사납게 구는 들짐승들을 막을 힘도 없다
세찬 폭풍우를 막을 수도 없다
실바람에도 흔들리는 여린 몸짓으로
그저 황량한 들판에 유일한 보호막은
하나님 한 분 밖에 없어서
오늘도 그분만을 전심으로 의지하면서
오늘을 살아간다

저 가냘픈 들꽃처럼!

오 늘,

ⓒ 배미자, 2026

초판 1쇄 발행 2026년 2월 28일

지은이　　배미자
펴낸이　　이기봉
본글 편집　희망샘
편집　　　좋은땅 편집팀
펴낸곳　　도서출판 좋은땅
주소　　　서울특별시 마포구 양화로12길 26 지월드빌딩 (서교동 395-7)
전화　　　02)374-8616~7
팩스　　　02)374-8614
이메일　　gworldbook@naver.com
홈페이지　www.g-world.co.kr

ISBN　979-11-388-5512-9 (03810)